송홧가루 날리는 봄날

송홧가루 날리는 봄날

초판인쇄 | 2025년 03월 15일
초판발행 | 2025년 03월 20일

지 은 이 | 박숙희
펴 낸 이 | 배재경
펴 낸 곳 | 도서출판 작가마을
등 록 | 제 2002-000012호
주 소 | 부산시 중구 대청로141번길 3, 501호 (중앙동, 다온빌딩)
T. 051)248-4145 F. 051)248-0723 E. seepoet@hanmail.net

ISBN 979 - 11 - 5606 - 280-6 03810 정가 12,000원

※ 본 도서는 2024년 한국예술복지재단의 지원을 받았습니다.

한국예술인복지재단

송홧가루 날리는 봄날

박숙희 시집

도서출판 작가마을

서시

창문을 여니

날이 밝아 오며

나무 아래

새들이 지저귄다

상큼한 바람 타고

맑은 시가 포르르

따뜻한 온기로 안겨든다

내가

새가 된 아침

2025. 입춘

윤법 박숙희

차례 _ 박숙희 시집

2부 … 밧방울 사랑

3부 … 전하지 못한 편지

4부 … 삶이 그러하듯이

5부 내일은 또다시 찬란하다

1부 / 바람일기

산

송홧가루 날리는 봄날
노란 산길을 걸어오는
검게 탄 얼굴 그 사람에게서
솔 향기가 난다

산을 닮은 그를 보고 있으면
하루의 해가 산봉우리를 덮을 때도
별빛 아래 피어있는 패랭이꽃
하얗게 웃고 있는 밤에도

문득, 내가 평화로운 산이 된다

산이 좋아 산이 된 사람
산 노을 토속 맛집을
자주 찾아가는 길섶에
꿩이 퍼덕이고
산새는 숲속으로 숨어드는데

저만치서 불그레 붉어지는 산 노을
어이 이리도 아름다운가!

바람 일기

바람에 기대어 하늘거리는 꽃을 본다
우울한 나를 위하여
가난한 웃음 한번 웃어본다

아무 생각 없이
바람이 또 꽃을 흔들며 지나간다
오래도록 하늘을 보았다
−지난 일은 다 꽃이라고−
구름을 몰고 다니며 쓴 바람 일기

무언가 부족한 날들이 흘러가고 있지만
기억이 감감해진 추억이라도
눈부시게 아름다운 것

깁스를 한 세상이
자꾸만 거꾸로 돌아가고
떨리는 삶의 아픔이 있다 해도
나는, 그 말이 위로가 되었다

서툰 글씨로 쓴 바람 일기

–지난 일은 다 꽃이라고–

날개

해거름 별들이 숨은 사이
찬란한 금빛 노을을 보았다

그곳에 네가 있었다

나는 날개를 잃은 새다
네가 있는 곳
먼 먼 하늘을 오르지 못한다

한밤중
별똥별 하나 수천 리 밖으로 떨어진다
네가 있는 곳
먼 먼 바다를 자유롭게 비행할 수도 없다

화창한 날에도
바람 몹시 부는 날에도
허상에 맴돌기만 하는
그리운 날개여!

들꽃

바람이 살랑대도
햇살만 한가득 품어
하늘 보며 누워서 피는 꽃

별 숲을 헤매다
달님이 내려와 고요히 거니는 듯
꿈을 꾸듯 조근조근 꽃이 피고 꽃이 지고

너는 이름 없는 들꽃

바람이 와도 몰라
두둥실 떠가는 구름이 좋아
들판이 그냥 좋아

나도 그만 이름없는 들꽃이 좋아

산길

나는 가끔 혼자 찾아가네요
하얀 싸리꽃이 흐드러지게 핀
그 산길

그때처럼
나뭇잎은 햇살에 빛나고
풀꽃은 나를 보고 웃어주네요

먼 수평선에
끼룩거리는 갈매기 사이로
돛단배 한 척 소리 없이 물결 타는데

멀리서
그대가 보고 있을 것 같아
손을 흔들어 주었지요
지나가던 산들바람이 따뜻하게 안아 주네요

산길 따라가노라니
낮달이 구름 뒤로 숨었다 나타나고

공중에 펄렁이는 옛 생각
높다랗게 흐르는 구름 같아라

꿈꾸는 햇살

그해 봄
그렇게 찬란했던 날은 가고
거리엔 푸르름이 무성한 여름이다

울산 생태공원
선암호수 둘레 길을 거닐다
어지러이 맴도는 마음
우두커니 시선이 호수 깊이 떨어진다

잉어 떼가 몰려와
내 심장을 슬쩍 꼬집고
생의 의욕을 삼켜버릴 기세다

늙은 상수리나무 늘어진 가지 사이로
맑은 바람 풀섶과 속삭이는 소리
정신이 번쩍 호면에 시선을 곤두세운다

고요한 숲속 멀리 발광하는 반딧불처럼
사람이나 벌레나 다 외로운 존재

움켜쥐었던 삶의 꿈이 사그라지면 끝이다

다시
호면에 올라온 내 텅 빈 머리를
무성한 여름 햇살에 가만히 올려놓았다

시인은 혼자 생각한다

한밤중
쓰다만 시를 다시 적는다
어쩌면 모자라는 마음 구석을
들여다보는 절실한 시간 일 게다

정지된 시간 속으로
보이는 것도 느낌도 없다
무언가 앞뒤를 가로막는
통로를 잃어버린 듯

깜깜한 하늘을 보았다
별들도 잠이 깊어
사방은 적막한 고요가 흐른다
알 수 없는 두려움이 있을 뿐…

언제나 그러하듯
시인은 혼자 생각한다
산다는 것이 무섭도록 외로운 일이다
시는 내 삶이요 희망이다

〉

한밤중
쓰다 만 시를 다시 적는다
시도 때도 없이 울먹이는...

꽃 몸살

일생 시詩를 사랑하여
옷섶에 머무는 그대의 사랑을
외면한다 해도
내 안에 서성이는 슬픔을 지울 수는 없다

상처 난 씨앗은
내 가슴팍 속을 파고
더러는 흙 속에 묻어둔다

몇 년 몇 달이 지났던가
잃어버린 별들이
천 개의 별들로 반짝인다

꽃 몸살 하며 붉어진
들썩이는 씨앗 하나
마음 밭에 삽질을 하고 헤집어본다
푸른 잎이 돋아나고 꽃잎이 피어난다

기품 있는 시 한 편 꽃대를 올리기 위해

꽃 몸살 하는 어느 봄날

바람이었나

지워지지 않는 추억을
꾹꾹 눌러 가두어 두고
방향도 없이 길을 헤매다
들녘의 풀들이 비와 속삭이는 사이
젖은 몸으로 돌아왔다

빗소리 따라 내리는
번뇌로 상처 난 가슴을
메우는 일이 늘 어려웠다

창밖에
누군가 문을 흔드는 소리

바람이 떨고 있었나 보다

스쳐 가듯 희미하게
비에 젖은 목소리
가슴을 헤적이는 눈동자

지워지지 않는 추억처럼

다시

적막한 이 고요를 마시며

날이 샌다

8월은

거리에 무궁화꽃 무궁하게 피었고
들에는 깨꽃 풀꽃이 너울거리고
집 마당에 접시꽃 봉숭아 꽃물 들어 고운데
개울가 코스모스 가느다란 목으로 가을을 부른다

8월은
어느 무덤가에 백일홍
외로운 속마음 주절주절 붉게 피어
넋을 잃는 달이다

8월은
따가운 햇살 손바닥에 받아
내 삶도 이토록 뜨거웠는지
묻고 싶은 달이다.

8월은
해 저문 바닷가에 앉아
푸른 녹음으로 눈이 시린데
내 인생은 얼마나 푸른 날이었는지
뒤돌아보아지는 달이다

동행

이른 아침
손 등의 핏줄이 푸르도록
햇살 한 줌 보듬고
벅찬 동행의 마음으로 산책을 한다

꽃잎에 피어오르는
햇살의 속삭임
신비의 하루가 약동하는 거친 숨소리

유월의 햇살 아래
당찬 끈기와 용기로 버티며 살아가는
햇살과의 동행

외로움은
푸른 바다 물거품으로 사라지고
햇살을 품은 가슴은
뜨거워진 희망으로 피어난다

푸른 호수

푸른 호수에 잠긴
산과 빽빽한 수풀림
수초 사이로 너울거리는 햇살

차가운 내 사랑이
시린 내 눈물이
풍덩 빠져드는 유혹의 그림자

신비의 호수 깊이 내려앉은 꿈이
단풍잎보다 더 붉게 물들어
별이 빛나는 밤하늘에 곱게 곱게 새겨 두고

어느 날
덩그러니 울적해지면
이대로 꺼내 보아도 좋겠다

강물이 되어

구름 한 조각
맑은 강물에 엎드린 오후

그대가 내 안의 강물이 되어
그리움으로 흐르는 물결 소리
강물에 젖어 드는 구름처럼

햇살에 뒹구는 눈빛
바람이었나 두리번거린다
나는 강변에 앉아
아직도 꿈꾸는 새의 마음 같아라

강물에 잠긴 구름 한 조각
흘러가는 추억 한 조각
생각키는 화창한 날
설레며 고개 숙이는
새의 그림자 같아라

흘러가는 추억 한마당

파도 소리

파도 소리는
흰 구름 너울거리듯이
내게 달려왔다

뱃전에 튕겨 오르는 물방울
안개꽃으로 피어나는 물보라
갈매기 쌍쌍이 하늘 꽃으로 날고

거기 내가
푸른 꿈을 걸친 날개로
꽃구름 속을 날고 있었다

파도 소리는
물보라에 젖어
먼 허공으로 흔적도 없이 사라진다

뱃전에 부서지는 파도 소리에 안긴 날

달에게

달아 달아
외롭고 쓸쓸한 날엔
뒤뜰에 나와 앉아 너를 본다

달은 너무 멀어
고백하지도 못하고 날만 샌다

전하지 못한 사연
하얀 달빛에 엎드려 편지를 쓴다

비 오는 날이면
너무 아득하고 캄캄해
진종일 서성이며 노래를 부른다

네가 구름 뒤로 숨으면
나는 또 꿈을 꾸며
동이 틀 때까지 시를 읊조린다

푸른 신호등

신호등 건널목
거꾸로 지워지는 붉은 숫자를 보며
사람들 속에 서 있다
제각기 사연을 새기는 마음에 서 있다
오늘도 분주히 오가는 삶에 서 있다

떠가는 구름 하늘 보며
때를 기다리는 내일의 희망에 서 있다
오고 갈 곳도 없는 빈 마음에 서 있다

건널목 신호등 불빛이 푸르다
사람들은 서둘러 정신을 차리고
푸른 신호등 불빛에 옷깃을 스치며
뭔가 저마다 바쁜 생각에 총총
분주히 흩어져 간다

노을

노을이 너무 고와
내 가슴팍을 헤집고
꽃씨를 뿌렸다

겹겹이 피어오른 꽃송이
나풀거리는 추억
날개 퍼덕이는 그리움

노을에 물든 꽃 한 송이

가을이 오면

가을이 오면
지난 추억을 투시해 보는 호숫가에서
수초가 되어 사나이들은 울고프다

가을이 오면
강가에 풀꽃처럼 엎드려
편지를 쓰고픈 여자의 마음도
낙엽 따라 뒹굴고 싶다

가을이 오면
저 바람 따라 낙엽이 되어 날리며
흔들리는 기차에 기대어
어디론가 떠나도 좋다

가을이 오면
낙엽의 겸손한 기도와
애절한 사랑의 노래가
온 산을 불사르고

울컥 눈물이 재가 되어
먹구름 하늘은 더 높았다

북소리

이것은 분명
덩덩 하늘을 울리는 소리
찢기고 늘어진 상처 통증을 삼켜버린
쇠가죽의 울음

열려있는 하늘 해 저문 바닷가
구름은 층층이 꿈틀거리고
대지의 기운과 바다의 물결도
분수처럼 비틀거리는 큰 울림

이 큰 울림을 준, 그는
우리에게 무엇을 알리려는 것일까
절 마당을 감도는 황갈색 법고法鼓* 소리

꽃 같은 날들을 버리고
빈 가슴으로 돌아서야 할 길
자연의 순리로 살라는 진리
법을 배우며

눈을 감고 가만히
풀꽃으로 엎드려 생각한다
이 북소리의 소중한 깨우침을

*법고: 불교 의식에 쓰인다

문패

벚나무 즐비한 돌계단에 앉아
봄비같이 부드러운 꽃잎이 날리듯
그대 생각도 사라지기를 기다렸다

해가 기울고 바람이 불고
이별은 그렇게 그림자처럼 갔지만
푸르도록 환한 달빛 아래
실개천에 떠가는 꽃잎 하나 뒤돌아본다

사랑한다 누군가 속삭였다
우리 너무 가슴 아파하지는 말자
차디찬 돌계단에 무릎을 꿇고
하늘의 별에게도 기도 했다

꽃잎을 모아 사랑의 집을 짓기보다
돌멩이를 모아 튼튼하게 짓기로 했다
단단히 약속을 건다

봄꽃으로 뒤덮인 집터가 고요하다

문패가 없는 집에

내가 문패가 되어 서 있다

송홧가루 날리는 봄날

박숙희

2부 / 빗방울 사랑

꽃 한 송이

시를 사랑하다 꽃을 사랑하다 사람을 사랑하다

가슴 터지는 소리

꽃그늘에 너울거리는 그림자
새들이 퍼덕이고
구름도 섞여 노니는 개울 옆 풀 섶

가슴 두근거리며 건네는
클로버 하얀 꽃반지
꽃잎에 숨어 숲에 주저앉으니
꽃그늘에 아른거리는 그림자

밤은 고요한데
달빛 아래 꽃 한 송이
꽃향기 품은 채
산 그림자 되어 길게 서 있네

산 그림자

호수에 내려앉은 산 그림자

깃털 고운 산새
물결 잔잔한 호숫가에 앉아
머리칼을 헹구고 또 헹군다

새의 머리칼에 피어오르는 향긋한 풀꽃향 내음

산새는
산마루에 걸터앉은 흰 구름에 안겨
오솔길을 따라 노래 부르며
날갯짓 느릿느릿
구름 같이 산을 오른다

산 그림자 속으로 사라진 산새
새의 머리칼에 숨어든 구름 한 조각
호수에 일렁이는 새의 깃털 하나

산은 그 자리 그대로
새들과 함께 깊은 잠에 든다

봄비

가만가만 꽃잎 적시는
봄비 소리인가

해맑은 웃음 다가와
우루루 꽃잎 터지는 소리

창문을 후두기는 봄비
먼 데서 오신 손님 기척인가
몹시도 반가워 마중 가네요

들판에 누운 목마른 풀잎도
푸른 미소를 띄우며 일어나네요

겨우내 움츠렸던 만물이 소생하는 봄비
인내와 사랑이 움트는
새싹들의 꿈이
사방으로 피어나고 있네요

빗방울 사랑

거리에 흩날리는 빗방울처럼
고요히 노래가 흐르고 있었지

바람에 흔들리는 나뭇잎이
희망처럼 노래하고 있었지

빗방울 타고 떨어지는 푸른 사랑
온통 목마른 대지를 적시고 있었지

새하얀 치자꽃이 푸른 하늘에
무지개다리 수놓고 있었지

햇살 고운 날
나무 그늘 아래 만나자고
두 손 걸고 약속한 사랑아

사월이 가네

이팝나무 흰 꽃송이
무더기로 날리는 오후
그대 생각은 거리에 쌓이고

감당하기 힘든 그리움을
산천에 불붙은 꽃등으로 달아 놓고
서둘러 짐을 챙겨
길 떠나는 나그네같이
사월이 가네

무성하게 번져가는 짙은 녹음으로
보이지 않는 곳에
사랑의 향기를 몰래 감추고
사월이 가네, 가네

상큼한 풀 내음 길섶에 머무는
푸른 오월이
기웃기웃 내 마음을 흔드네

시계와 나

시계는 오직 시간을 섬기는 사자와도 같고
사람들은 아우성치며 툴툴거리며 끌려간다

나는 허우적거리는 허수아비같이
시간을 바람에 날리며 살아간다

시간은 내가 사랑하는 사람을 기다릴 때
느림보같이 멀거니 서서
바보가 되어 어정일 때도 있다

나의 시간이
빛나는 꽃으로 피어나던
아픈 눈물이 폭포수같이 떨어지던
시계의 수레바퀴에 흔적없이 사라진
설명할 수도 없는 황금 같은 매순간들

아름다운 전설로 남아 있을 뿐…

나는 가끔

시간을 외면한 채

타임머신에 신나는 방랑자가 되어

화려한 꿈을 꾸며 살아간다

사라진 빈 박스

허리 굽은 할머니 끄는 리어카
납작 포개진 빈 박스 더미
서로 등을 붙이고 하는 이야기
–호박죽 끓는다. 라면 불어 터진다.
 사과 향기는 아직도 향긋 하네…

경고장 붙은 골목
비탈진 고물 집하장集荷場
시든 꽃다발 위에
리어카 냅다 자빠지면서
수군거리던 이야기를 쏟아 붓는다

근斤으로 환산하는 큼직한 저울
할머니 손에 천원 몇 장
헐렁한 주머니 속에서 히죽 웃는다

골병든 할머니 허리 펴는데
그 옆, 키 큰 은행나무 당당하게
푸른 잎이 높은 구름에 얹혀있다

〉

여름 햇살이 뜨거운 오후

사라진 빈 박스의 이야기가 궁금타

고백

까치 호올로
잎 떨군 겨울 나뭇가지에 앉아
긴 부리로
푸른 하늘에 시를 씁니다

까치 한 마리 날아와
사랑한다고 고백합니다
하늘은 더 높고 구름은 빛이 납니다

까치 둘 행복한 얼굴로
서로 날개를 부비며
다정하게 깃털을 다듬어 줍니다

나도 덩달아
흰 구름 내려앉은 나무 아래
닫힌 마음의 문을 열고
까치 사랑을 노래하며
푸른 하늘을 나르는 새가 됩니다

나에게도
평생 고백하지 못한 것이
무엇인지 줄곧 생각하면서
올려다본 넓고 푸른 하늘에는
가이없는 삶의 이야기
시가 되어 떠다닙니다

낙심落心

이별은 눈물을 거두고
또 다른 만남의 출발점
길을 가다 멈추어 뒤돌아보기도 한다

가끔 분노를 외면하고
눈부신 아침 햇살에 안겨보기도 한다

이별은 짠한 가슴에 돋아나는
두렵고 어설픈 사랑을 꿈꾸며
사랑과 미움이 뒤엉켜
반짝이는 변신을 하기도 한다

사랑과 미움의 거리는 어디쯤일까

깨달음의 사이에서 휘청거릴 때
붉은 동백처럼 살지 못해
아픈 사랑이 되어

나는, 또 지하 몇 미터인가 굴러떨어진다

산국山菊

이른 아침 똑똑똑
창문을 두드리는 소리

아무도 없다

창살에 기댄 햇님인가
창문을 여니
누가, 지게 가득 놓고 간
산국 향기가 난다

어둠이 깃드는 포근한 숨소리
보고 싶은 아버지
무덤가에 피는 노란 산국
고요히 들리는 말씀이 그립다

사랑은 · 2

사랑은
멀리서 가까이 보이는 거

사랑은
외면하면서도 생각하는 거

사랑은
우산 속에서 혼자 눈물비가 되는 거

사랑은
앉은뱅이 꽃처럼 기다리는 거

사랑은
가끔 멋진 비밀을 간직하고 싶은 거

사랑은
그래서 가슴 시린 꽃이 피는 거

사랑은

그래도 꽃을 보듯

그리움으로 아름다운 거

허공에 새긴 사연

오늘은
푸른 하늘을 걸어보고 싶었다
그대를 만날까 가슴 조이며
나즉히 귀 기울이며

허공 속에 굳어버린 내 심장
캄캄한 어둠이 내리고
내 입술은 푸르게 떨고 있다

그 어떤 말도
들리지 않는 낮은 목소리
부서져 내리는 어둠 속에서
조근조근 허공에 편지를 띄운다

나는, 꿈을 꾸며 자라는 시인이 되어
너무 행복해서 미안하다고

낮이면 새들이 조잘대며 전해주고
밤이면 별빛에 들려주고픈 말

〉

그 언제쯤일까

걸음걸이

어떻게 사느냐고 묻지 마오
아직도 청춘이라 생각한다오

말소리 거칠다 비아냥거리지 마오
앵무새처럼 지저귀는
입이 녹슬었으니까

어쩌다 웃는다고 비웃지 마오
울고 싶은 날에도 웃음이 나오니까

젊은이는 노년의 마음 헤아릴까
비평도 비난도 웃음도
폭탄같이 내리치는 채찍일 수도 있는데~
피 터지는 아픔일 수도 있는데~

참고 견디며 살아보려고
이리저리 삐딱하게 걸어 다녀도
그 모습이 운동이고 살아가는 힘이라오

잘 보아요
아직도 살만한 걸음걸이
멋진 인생이라오

허상虛像

잠들지 못한 밤에
수초가 넘실대는 바다로 달려간다

밤바다에 내려앉은
푸른 별의 품에 안겨들면

찰랑거리는 파도 소리는
포근한 울림으로 자장가 되고

밤새워
하늘에 떠있는 사랑스런 별이 되었다가
입김으로 불어 넣은 두 손안에
바다의 푸른 꿈을 꾼다

찬란한 아침햇살이 내리면
넘실대는 파도를 타고
나만의 허허로운 바다 기슭으로 달려간다
떨리는 몸을 가누며
허상에 맴도는 내 상념想念을
일으켜 세운다

단풍잎에게

내 시집 책갈피에
단풍잎 하나 앉아 있다

이제
서럽게 바람을 외면하지도 말고
얼굴 붉히고 억울하다 말아라

지금의 네 모습 곱기도 하다
당당하게 우쭐거려보렴

우리 친구잖아, 괜찮아
서로 외로워 울지도 말고
바람 부는 날 떨지도 말자

그냥, 이대로가 좋아

시래기

처마 끝 햇살에 걸려있는
한껏 몸피를 줄이던 시래기

오늘은 몸 불리는 중

날이 밝아 오자
엄마 도마 위에서 싹뚝 잘려져
된장국 뚝배기로 풍덩
곤드레밥 한 그릇 뚝딱
아빠의 입맛이 구수하다
지긋이 정을 나누는 두 사람

봄이 오면, 다시
무청 시래기로 늘씬하게 자라 나
겨울철 밥상에 인기로 올라오겠지

들녘에 부지런히
무밭에 물을 뿌리는데
굽어진 농부의 발끝에 개구리도 설친다

빨래하는 아낙네

이른 아침
젊은 아낙네들이
양동이에 그득 빨랫감을 이고
버들가지 푸른 우물가에 모이네

둥근 해가
아낙네 볼에 빨갛게 복사꽃으로 피어나고
햇살에 줄을 서는 하얀 잇빨

우물가엔 처덕처덕 방망이 소리
빨랫줄엔 너울거리는 새하얀 무명옷
흰 구름 흘러가듯 하늘을 가르네

아침 햇살이
아낙네 언 손에 묻어
따사로운 정이 우물에 녹아드네

돌아오는 길
골목을 지키는 들국화 향기 반기네

갈대숲에 이는 바람

갈대숲에 이는 강바람
갈색 꽃대를 마구 흔들어
솜털 같은 구름을 날린다

갈대는 강가에서

하얗게 피어오르는 그리움을 감추고
갈대숲에 숨어
바람에 취한 채 뒤돌아보니
거기, 내가
하늘거리는 갈대숲에 엎드려
강바람을 기다리고 있었네

내가 좋아하는
청솔밭을 건너온 강바람
솔 향기가 물씬 난다

붉게 타는 저녁노을이

온통 갈대숲에 내려앉아
활활 타고 있었다

바람에게

꽃을 흔들어 놓고 가는 바람
사월의 봄꽃처럼 화사하지 못하고
수선화는 호올로 연노란 슬픔으로 떠는데
교회 십자가는 밤마다 고백할 것이 그리도 많은지
환하다

그래도 바람이
강변 철길을 달릴 때
차창에 흔들리며 달리는
숲의 나무들이 쓰러지지 않고 일어서는
바람이 한 일이 자랑스럽다

내가 이 세상 바람처럼 왔다가
무엇을 흔들어 볼 수 있을까
사랑하는 사람 마음 하나
바람처럼 흔들어 보지 못하였다

그대는
왜 꽃처럼 물들지 못하고

바람처럼 떠나가는지
숨어버린 어슴푸레한 달빛 아래
간곡히 바람에게 물어본다

꽃무늬 이불

솜털같이 부드럽고 따뜻한
엄마의 꽃무늬 이불

오늘은 하늘에서 깃털처럼 내려올까
햇빛 쏟아지는 벌판에 누워볼까
바람 찬 들녘 벤치에 앉아 기다릴까

세월이 앗아간 울 엄마
그리움 차올라 눈물 납니다

나는, 오래도록
사랑하는 아가들에게
춥지 않게 꼭꼭 싸매고 덮어 주리라
이 험난한 세상 잘 살라고…

때로는 꽃무늬 이불이 되고
꿈꾸는
동화나라에서도 길동무 되리라

3부 / 전하지 못한 편지

흰 구름

하늘에 새겨 놓은 사연
눈비가 몰아쳐 사라지고

별빛 같은 먼 추억은
그림자마저 간데없다

다시 되돌려 추억하기엔
너무 멀리 왔다

잃어버린 시간들
언듯언듯 스치는 그리움

꽃그늘에
잠시 떠가는 흰 구름이 되고 싶다

가끔
바다 위를 거닐어도 좋고
바닷가 기슭으로 길을 내어도 좋겠다

전하지 못한 편지

달빛 잠긴 강가에 앉아
너에게 편지를 쓴다

물빛이 너무 고와
그만 강물에 빠뜨린 네 편지

달빛은 왜 그렇게 차갑고
그림자는 강물 깊이 허우적거리는지…

너에게 전하고 싶은 사연
얼어붙은 강물이 되었다

봄이 오면
다시 햇살같이 피어나기를
바람 되어
날마다 먼 산 바라본다

새 가슴

바람 속으로 흔들리며
눈송이는 유리창에 쌓이는데

누가 고요히
눈길을 걸어오는 하얀 밤
아무도 모르게
나는 유리창에 눈사람을 조각한다

눈송이는 헤어진 사람을 만나기 위해
지상에 소리 없이 떨어지나요

이 밤
바람 소리에도 깃털을 세우는
새처럼 작은
새 가슴이 되어 두근거린다

사랑의 계절 사월

사랑의 꽃
천지에 사월은
소나기 내리듯 퍼붓는데

그대여
사랑의 꽃을 밟으며
우리 손잡고 걸어요

다시, 내 인생에도
사월의 꽃만큼이나
사랑이 자랄 테니까요

그대여
사월이 가기 전에
꽃향기 아래로 걸어 봐요

사랑이 꽃피는 나무 아래
사월의 달빛이 유난히 아름다워요

낮달

머리 위에 떠있는
낮달을 보면
어쩐지 눈이 시리다

나뭇잎 사이로 흐르는
희미한 낮달
몰래 훔쳐본 첫사랑 같아
가슴 덜컹거린다

인생 푸념하듯이
배롱나무꽃 여기저기
주절이 주절이 피고 지고
거리에 붉게 물드는 사연

차갑게 떠 있는 하얀 미소
낮달 같은 너의 사랑
천 개의 얼굴로 다가온다

선물

화사한 봄날
나는 푸른 하늘에 꽃을 심었다
흰 구름이 몰려와 가끔 비를 뿌렸다

당신 생일날
하늘마당 꽃밭에서
생일 꽃바구니를 만들었다

하얀 낮달이
알 수 없는 미소를 띄우고
구름도 어슬렁거리며 꽃밭을 거닐었다

꽃바구니에 앉은 나비에게
축하한다는 인사를 건네는
화사한 봄날

꽃바구니에 앉은 당신의 미소

노을빛 사랑

흰여울 마을
노을이 황홀하게 불타오르면
여기저기 울다 웃다 지친
아파트 숲 사람들이 모여든다

바다 난간에 기대어
눈부신 노을빛에 취한
들썩이는 함성
외로운 마음들이 붉게 저며 들어
함께 노을이 되어 가슴이 뛴다

푸른 별들이 내려와
거니는 밤바다
환희에 차오르는 기쁨

내가 사랑하는 노을빛 사랑
어디쯤 오고 있을까

민들레 꽃신

산과 들에 봄맞이 신발이
노란 민들레 꽃물이 들었습니다

새들은 파닥이며 창문에 매달려
열렬히 새봄의 노래를 불렀습니다

빛나는 햇살 따스한 바람
연둣빛 새순이 아지랑이 속에서 주춤합니다

사랑하는 사람들이 모여들어
황홀한 새봄처럼 꽃이 되어 피었습니다

민들레 꽃신이 다정히 걸어갑니다
내가 그곳에서 샛노란 봄을 기다리는
희망으로 기대고 있었습니다

산수유나무 아래

산수유 메마른 가지마다
눈 비비고 꽃피운
연노란 꽃잎 터지면
살짝 봄인가 너를 만져본다

우리 다시 만나
희망이 피어나듯
빨간 산수유 열매 대롱거리면
하얀 흰 구름 지나는 곳에
너의 꿈도 익어간다

산수유나무 아래 서성이며
따사로운 햇살 무심한데
손 시린 겨울 다 지나고
새들의 날갯짓 고운
화려한 새봄을
나는, 또다시 기다려 본다

대숲의 바람 소리

일찍 졸음 어린 저녁
검은 창틈으로
댓잎을 흔들어 놓고 달려온 바람
솔 향기가 난다

나는 가끔
내가 흘린 바람은 어떤 빛깔일까
그것이 늘 궁금하지만
댓잎의 사그락 소리에 귀 기울인다

밤하늘 구름을 더듬어
까마득히 새들이 남기고 떠난 바람
잡을 수 있을까
허공에 손을 휘저어본다

오늘 밤 깊고도 고요한데
먼 데서 대숲에 떨어지는 솔방울
툭툭 바람을 가르는 소리

대숲을 건너온 솔 향기가 좋아
벌떡 일어나 창문을 열어본다

염탐廉探하다

홀로 숲길을 가노라니
나무 그림자 속으로 뛰는 날다람쥐
세상에 두려울 것이 없는
저 자유로운 영혼

해가 기울고 어두워지면
숨죽이고 땅을 염탐하는 날다람쥐
청솔 나뭇가지에 슬쩍 숨어든다

나는, 숲에 주저앉아 생각한다
내 영혼의 자유를 찾아
숨어들 곳은 어디일까

오늘도
밑바닥까지 토해낼 수 있는
부처꽃을 찾아 기도하며
끝 간데 없이 어둠이 내린
숲길을 서성인다

가을은

가덕도가 희미하게 보이는 다대포 바닷가
해송의 숲 방풍림을 지난다
늘어선 모래 바람막이 멋스럽다

온몸을 내리치는 모래바람
고비 사막을 걸어가듯
맨발로 끝없이 걸었다

어지러운 세상 모두 잊고
바람이 되고
파도가 되고
하늘 바다 하나 되는 어디쯤

거기 내가,
철썩이는 파도에 구르는
한 알의 모래가 된다

나도
온통 빈 마음으로
허공 같은 가을이고 싶다

망부석 되어

해 질 녘
징검돌다리 건너다
늪에 빠진 재두루미를 보았다

가슴에 한쪽 다리 깊숙이 접은 외다리
차가운 돌바닥을 딛고
큰 날개를 퍼덕이며 날아 올 짝을 기다리나 보다

검정 갯벌 장화 신발 신겨주고 싶다
재두루미는 하늘에 고하는 듯
외로운 눈동자 속으로 삭이는 그리움

님을 기다리는 애틋한 눈빛
밤이 지나도 지칠 줄 모르는
그리움이 망부석 되어
달빛 아래 하얗게 서 있다

무화과

얼마나 사랑했으면
가슴에 촛불을 켜고
신열이 나도록 앓고 있었을까

얼마나 그리워했으면
가슴에 불을 지피며
뜨겁게 뜨겁게 태우고 있었을까

얼마나 보고 싶으면
그 속이 무르도록
붉게 녹아내리고 있었을까

사랑아
이제는 이 세상 한 알의 열매로 떨어져
계절의 빛나는 사랑으로
붉은 꽃 속에서 너를 만나고 싶다

낙과落果

기장 도토리道土理 카페
넓은 뜨락 겨울 석류밭이 이채롭다

햇살에 타들어 쪼그라진 석류
목이 타는 듯 가쁜 숨소리가 들린다
더러는 땅으로 모질게 곤두박질치며
상처가 나고 입술은 깨어져 피가 돋았다

한때는 뜨거운 햇살을 머금고
알알이 붉은 열정이 터져 나온 석류 알

사랑하는 주인을 기다리며
가지마다 웃음 지을 때는
하늘도 푸르고 고왔던 노을도 있었다

마른 가지에 매달린 석류를 가만히 보듬고
서로 하소연하고 싶어
마른 숨소리로 마주 본다

먹구름 떠가는 하늘 보며
소나기 한줄기 기다리는 마음 뒤로 하고
도토리 카페에서
대굴대굴 목마른 질주를 하며 달린다

사과를 깎으며

새벽 별은 아득히 먼데
칼을 따라 구불구불 산길을 가노라니
작은 새 한 마리 포르르 날아가고
이슬에 젖은 풀잎은 씻은 듯 푸르다

사과 한입 물고
먼 산등성이를 바라보니
허공을 어지러이 맴도는 까마귀 떼
댓잎을 타고 흐르는 바람 소리 소란하다

하얀 산길이 끝날 때쯤
까만 씨앗 몇 개 나를 반긴다
부드러운 흙에 묻어 두고
나는 또 가벼이
새봄을 기다려야겠다

기다림은 언제나 행복하니까

겨울에

함박눈이 펑펑 내리는 날
당신이 눈사람 되어
문을 두드리면
맨발로 달려가 문을 열겠습니다

서로 말없이 바라보며
그리움이 사라질 때까지
기다리겠습니다

겨울에
당신이 눈사람으로 오신다면
창가에서
해지도록 하얗게 서 있겠습니다

눈사람

달빛 아래
누가
눈사람에게 입김을 불어넣고 있다

눈사람은
뜨거운 피가 돌고
지상의 헤어진 연인들을 위해
밤새 젖은 손수건을 소나무에 걸어 두었다

나도 오늘 밤
거리의 눈사람에게로 걸어가
뜨거운 눈사람 가슴에 안겨
아픈 눈물 한 방울 닦아내고 싶다

별들은 아득히 멀고
청솔가지에 앉은 새들은 사라지고
눈사람도 거리를 적시며 녹아내리고 있었다

눈사람도

이렇게 뜨거운 사랑으로

세상을 굽어보고 있는 줄

나는

진작 알지 못했다

짜장면을 먹으며

현대백화점 홍보석* 구석진 창가에 앉아

짜장면이 밥보다 힘이 난다고
맛있게 드시며 히죽 웃으시던
당신 생각에 두 그릇을 주문했다

짜장면을 먹는 날은 행복하다고
꽃피는 봄날에도
낙엽 지는 스산한 가을에도
눈이 오기를 기다리는 차가운 겨울에도

사람들은 모른다
내가, 왜 짜장면을 두 그릇을 주문했는지
짜장면을 열심히 먹으며
불끈 힘을 얻어
오늘은 열정적으로 시를 쓰겠다고
내가 이제 짜장면이 되려고 한다

사람들과 함께 문을 박차고 거리로 쏟아져 나온다
차가운 낮달은 여전히 묵묵 대답이 없다

*홍보석: 중식당

해넘이 해맞이

언덕 위 세모歲暮의 거리
하늘을 덮은 찬란한 네온사인 불빛
자정을 지나
새날의 동이 튼다
온몸의 전율을 느끼며
한 해가 기우는 순간이다

새벽으로 가는 해넘이 해맞이
허전한 마음
무사했던 지난 한 해를 감사한다
희망이 움트는 내일을 향하여
풀잎도 나무도 사람도 우뚝 서는데

언덕 위 찻집에 앉아
레몬 카모마일 차를 마신다
창 너머 둥둥 떠 있는 불빛 아래
불꽃 같은 나머지 삶을 위해
애써 미소를 띄워본다

4부 / 삶이 그러하듯이

풀잎 기도

마음 하나 다스리지 못하면
나 죽어서 한 마리 새가 되어
날지도 못하리

어찌 다행 사람으로 태어나
꽃을 수 없이 사랑하다
나 죽어서 한 송이 꽃으로 피어나면
철 따라 나비가 날아와 노닐 수 있으리

내 삶이 마냥 흔들리는 풀잎 같아
마음 밭에 물과 그름을 주는
부지런한 농부가 되리

눈부신 저녁 햇살에
꽃을 들고 무릎을 꿇고
논두렁 밭두렁에 엎드려

기도하는 풀잎이 되리

수평선 · 2

수평선으로 날아올랐던
갈매기는 보이지 않고
새똥만 바다에 떠다닌다

어쩌다
사랑이 증오가 되어 벽을 치고
상처와 분노는 바닥을 뒹굴고
사라진 열정이 차돌 같아
사랑은 먼 수평선이 되었다

인간이 미련은 무거워
새처럼 날지 못하고
미움은 타다 남은 재가 되어
비실비실 바다에 떠다니는
새똥처럼 가라앉지 못한다

꿈을 그리던 붉은 햇살을 끌어안고
들판에 쓰러지는 풀잎에 매달려본다
스치는 바람 한 줌에도 일어서는

삶의 욕망
꽃으로 피어나려한다

낙엽에 쓴 편지

늦가을 햇살이
아스팔트 보도블럭 위에 내려앉는다
수많은 빌딩 그림자는
까맣게 그을린 채 숲을 이루었다

겹겹이 닫힌 유리 창문 사이로
많은 사람들의 엇갈린 이야기
죽 끓듯이 와글와글
거리로 쏟아져 내린다

너와 내가
플라타너스 낙엽 쌓인 벤치에 앉아
낙엽을 모으며
읊조리는 설익은 시는
이어졌다 끊어졌다 하고

아직도
물기가 촉촉이 남아 있는 낙엽 위에
미안하다. 사랑한다

〉

사랑의 편지를 쓴다

산사에서

한쪽 다리를 절룩거리는 고양이
가을 햇살이 내려앉은
쌍계사 절간 돌계단에서 졸고 있다

염불을 마친 스님, 조용히
밤새 치료를 해주고 정을 주었다

둥근 큰 눈에 광채가 살아난 고양이

상생의 기쁨이 이런 것인가
부처님의 세계와 속세에 무슨 인연이 있으신지
스님이 환히 웃으신다

산사에 머무는 먼 달빛이

유난히 아름다운 밤이었다

안개

뿌연 안개 같은 날
어디로 숨어들어도
헤치고 쓸어도 짓눌린 안개 속

겨울나무에 내려앉은 새벽 공기처럼
언제쯤
차갑도록 고요하게 빈 마음으로 가라앉을까

눈 내리는 겨울이면 잠재울까
송이송이 눈송이 하늘 가득 채워
새벽을 품어 안고 기도하리

끝이 보이지 않는 자욱한 안개
허허로운 마음
아리게 저며 들며 돋아나는
사랑과 미움을 버리며
저벅저벅 걸어가는 하늘가

뿌연 안개에 떠서
햇살만큼이나 화려한 날, 꿈을 그리며

겨울밤

사랑의 깊이를 미처 알기도 전에
이별의 시간이 왔다

수은등 불빛에 서성거리던
밤 기차는 떠나가고
익숙한 골목에 감도는 목소리

이제는 멀어져 간 시간들

밤 내내 눈이 내리고
투명한 눈을 받아먹으며 입술을 적신다
추위에 지친 희미한 기억 속으로
겨울 아침 햇살이 시멘트 바닥에 내려앉는다

자동차 엔진 떨림이 요란한 새벽 거리
비틀거리는 골목 어디서 청국장 냄새가 난다
눈 내리던 겨울밤
이별의 순간이 되살아난다

드르륵 식당 문을 밀고 두리번거린다
그대가 남기고 간 밥그릇을 보며
나는, 애써 그리움을 눌러 채운다

밤의 풍경

한밤중
24시 편의점 앞 나무 벤치
슬픔을 마시듯 술을 마시는 한 남자

트럭을 세워 놓고
CU편의점에 들어서는 두 남자
껴안은 검은 봉지
라면, 우유, 소주일까

길 건너
PC방 24시 네온사인이 환하다
어둠을 훔치듯 텅 빈 거리
신호등 꺼진 이른 새벽
길 건너는 사람은 모두 남자다

밤 내내
유리창 너머 세상 구경하다
소중한 삶의 한 귀퉁이를
다시 긁적이며 다듬어 본다

〉

밤하늘은

이 풍경을 지키며 조용하다

잡초의 꿈

나에게도 작은 꿈이 있어요
나는, 보도블럭 틈 사이 태어난 잡초

푸른 잎이 큰 나무 그림자 되어
바람에 빛나는 햇살을 만지다가
무심히 떠가는 조개구름에 안기다가
허공에 말간 낮달을 불러보다가
배신 때리는 남자 그림자 지우다가

내 그림자를 사랑한다고 고백한다

내 푸른 옷을 더럽히지 말아요
흰 선에 박혀 시름시름 아파요
당신이 지나가다 나를 본다면
파랗게 질린 내 볼을 쓰다듬어 주겠지요

끝내, 아무도 나타나지 않았어요
세상 이야기 굴러다니는 차바퀴에 짓밟혀도
푸른 꿈을 걸친 당찬 내 모습

오늘도 외면당하고 살아가는
잡초의 꿈이라오

꿈 하나

병원 창가에 앉아
푸른 하늘에 흰 선을 길게 긋고
사라져 간 비행기 꼬리를 쫓아본다

흰 벽마다 아픔이
푸르게 물드는 오후
부산한 병실 복도
숨이 차게 오가는 보호자들의 발걸음

나는
살아 있는 것에 대한
감사와 슬픔이 뒤엉킨 눈빛으로
사라져 간 것에 대하여 연민을 느낀다

언젠가는
낙엽 되어 떨어져 갈 길목에서
비행기 꼬리의 힘찬 울림이 들리는 듯
벅찬 가슴으로

꿈 하나는

남아 있어야지

푸른 하늘에 새겨 본 사연

기다림에 대하여

기다림은
먼 곳에 있는 약속처럼 낯 설 때가 있다
꽃은 다시 오마는 약속도 없이
한 철이 지나면 계절 따라 다시 피어난다

사람은 한번 가면
그 모습 볼 수가 없고
이별은 남은 자의 눈물이다

기다림은
기약이 없는 시간이지만
추억으로 피어나는 꽃처럼
화려한 봄날이고 싶다

기다림은
예쁜 꽃 모자를 눌러 쓰고
산천을 붉게 물들이며
숨이 차게 피어나는 행복한 꽃인지도 모른다

절벽에 대하여

바다 벼랑 절벽에 앉은 새를 본다
절벽을 기어오른 소나무에 매달려
새들이 지저귀는 절벽이 되어본다

절벽은 벼랑 끝에서 무엇을 생각할까
이따금 조금씩 떨어져 나가는 절벽을 보고
사람의 나이도 그렇게 사라져 간다는 것을
절벽은 진작에 알고 있었을까

소나무는 푸르도록 절벽에 매달려 살아가는데
새들도 앉았다 날아가는데
우리 인생도 사랑을 두고 떠나야 할
마지막 말을 생각한다

저만치 와 있는 시간을 외면한 채
새들이 자유롭게 비행하는
평화로운 수평선이 되어
절벽에 매달린 푸른 소나무의 기상으로
그렇게 살아가면 어떨까

상처에 대하여

세상에 상처 난 일들을 위해
지상에서 높이 더 높이 뛰어
구름에 발을 구르며 그네를 탄다

이산 저산 건너다니며
세상을 흔들어 보다가
멋진 나무와 꽃과 사랑을 나누고

산나리꽃 산국화 산딸기를
따 먹으며 신열이 나도록 거닐다가
맑은 강물에 엎드려 물을 먹는 짐승들과
함께 물을 마시며

뜨거운 햇살에 구르는 물고기들
뻐끔뻐끔거리는 하소연을 들어주다가
그네가 삭아 재가 될 때까지
다하지 못한 사랑을 용서하며

첫눈이 오기를 기다린다

낙엽 같은 날에

가을이 오면
우수수 방향도 없이
애잔한 낙엽 노래가 흐른다

어느 골목 어귀에 기다리는
가을 눈빛을 닮은 사랑을 찾아
산에 들에 보도블럭에 뒹굴다
상처로 부서지는 낙엽

그리움을 위하여
어디선가 떨고 있는 사랑노래
희미한 그림자를 남긴 채
새털구름 속으로 사라져가는
시퍼렇게 울고픈 싸늘한 가을하늘

빨간 단풍잎이 뚝 떨어지는
낙엽 같은 날에

삶이 그러하듯이

삶이 높은 파도가 되어
물결치다 쓰러진다 해도
진정 분노를 이기지 못하면
죽은 어린 새들보다 더 비참 할 것이다

삶이 바람에 휘청거릴 때마다
무덤처럼 캄캄한 어둠을 헤치고
다시 일어설 수 있는 의지를 위하여
들녘에 잡초가 바람에 일어서듯이
햇살이 더욱 강하게 빛나기를 바랄 것이다

실패한 인생이 되었다해도
아직 먼 길 떠나는 길을 몰라
햇살을 안고 일어서는 풀잎이 되어
동이 트는 이른 아침은 더욱 찬란할 것이다

삶이 그러하듯이
시인도
밤하늘 별들과 노닐다

하루가 강물처럼 흘러
고요히 잠이 들 것이다

별을 본다는 거

눈을 감으면
가슴속으로 쏟아져 내리는
별을 본다는 거
멀고도 먼 소망
아직도 내게 남아 있는
따뜻한 그리움 같은 거

먼 별빛은 가물거리는데
이 세상 푸념
빗줄기 같이 줄줄이 풀어 놓을 수는 없을까

천리만리 먼 허공에 떠있는
잡히지도 않는 따스한 별빛을 찾아
지친 걸음 가슴 빠근히
등불 켜고 하늘을 올려다본다

별을 본다는 거
아직도 내게 남아 있는
따뜻한 그리움 같은 거

〉

멀고도 먼 소망 같은 거

달빛

달빛이
파도에 수없이 부서지는 밤
울부짖는 그리움을 지우려
바다로 갑니다

달빛에 엉켜
흔들어 씻어버린
그리움이 멍들어
날이 샙니다

그리움이
이렇게 아픈 것인지
일찍이 몰랐습니다

달빛이
수평선 저 멀리 서 있는
해를 보고
조용히 울음을 멈춥니다

내 그리움도
그랬으면 좋겠습니다

나에게 부탁

부처님 오신 날
가슴에 사랑의 씨앗을 품을 것
초파일 관등을 준비하는 불자들에게 절을 할 것
빈손을 내밀어 따뜻한 악수를 청할 것
거친 말을 하는 사람을 불쌍히 여길 것
혓바닥에 돋아나는 악한 말은 스스로 삼켜버릴 것
눈물이 나도록 억울하면 손등으로 눌러 잠재울 것
피 토하는 분노는 수도꼭지에 콸콸 흘려보낼 것
칼날 같은 말은 영원히 칼집에 가두어 둘 것
기필코 바다에, 그것도 멀리 버릴 것
아름다운 장미 향기를 가슴에 품으며
아직 살아 있음에 감사 기도를 드릴 것

부처님 오신 날
불자들과 모든 이에게 행운이 있기를!

그래도 신나는 날

사람들은 가끔
오늘이 얼마나 소중한 날인지 모른다

우리 서로
부질없는 기대는 말자

놓치고 싶지 않아도 놓아야 하느니
절절이 사랑해도 헤어지는 날 오리니

꽃을 보고 웃자
꽃향기에 흠뻑 젖어 울다 지쳐
꽃을 보고 다시 웃자

그래서
오늘도 신나는 날

송홧가루 날리는 봄날

박숙희

5부 / 내일은 또다시 찬란하다

통도사 나들이

한여름 백중기도가 있는 통도사
많은 신도들의 발걸음이 바쁘다
홍 송은 저마다 기도문을 외우고
휘어진 등을 솔바람으로 씻는다

바람 계곡의 물은 투명하게 맑아
신선놀이 하는 작은 물고기
너럭바위는
따가운 햇살에 하얗게 누워있다

줄을 서서 기다리는 공양은
쌀 한 톨도 남김없이
배불리 먹으니 감사한 마음
하늘이 더 높고 푸르다

여러 암자를 돌아보아도
우리가 찾던 연꽃은
아직 만발하지 않았다

운주사에서

산사山寺의 겨울 운주사
청정한 솔 향기 그윽한데
천 년을 하루 같이 온화한 석불은
푸른 이끼에 덮여 깊고 고요하다

절 도량 기와지붕은 정갈하여 신비스럽고
참선의 기운이 하얀 서리가 되어 푸르다
살얼음 밑으로 포개진 낙엽…낙엽
나뭇가지에 떨고 있는 나머지 잎새가 춥다

산 중턱에 올라
하늘을 향해 다정히 누워있는
두 분 와불님을 뵙고
손 모아 바라다본 하늘 저편

처마 끝에 땡그랑 풍경소리
긴 세월의 뒤안길 바람 되어
아득하게 귓전을 맴돈다

정호승 시인의 「풍경 달다」 시를 읊조린다
나는, 누구의 처마 끝에
풍경을 달고 돌아올까….

청풍호반에서

2월의 우수, 경칩도 지나고
아직은 바람이 차가운데
이른 매화 꽃잎은 떨며 봄을 알린다

충북 제천 비봉산은 낯선 여행길
덜컹거리는 청풍호반 케이블카에 올라
숨죽이며 내려다본 산야는
검푸른 소나무로 숲을 이루었다

아름다운 청풍호반은
얼음에 덮여 깊고 푸른데
님 찾아가다 얼어붙은
배 한 척
언 강에 놓여 있다

산 정상 멋스러운 카페에 앉아
하늘 높이 날아오르는 행글라이더
독수리 날개 펴듯이 구름을 가르며 멀어져간다

곡선을 이루며 떠 있는 아름다운 섬들도
행글라이더를 쳐다보며
물결 따라 일어섰다 앉았다

야외 스토버 옆에서 몸을 녹이는데
산야와 함께 날이 저문다

물새 되어 날다

아침 햇살을 품은 해무海霧
느릿느릿 수면에 내려앉는다

흰 포말로 말아 올린 넓은 파도는
모래알을 굴리고
창공에 달아 놓은 푸른 상념이
씻기고 다듬어져 새하얗게 구른다

나는
밤새 젖은 고운 모래사장을
무작정 뛰어 물새 되어 날아오른다
날개에 품고 있던 꿈이 피어올라
바다와 내가 하나가 될 때까지…

저 멀리 금빛 햇살이 얼굴을 내밀어
작은 조가비와 조약돌이 키스를 하고
온 세상 신비로운 꿈들이 들썩이며 피어난다

나의 꿈도 천진스레 웃는다

석촌호수에서

석촌호수에 잠겨있는
잠실 롯데타워의 불빛은
푸른 별이 넘실거리듯 떠있다

송파 둘레길 늘어진 등불
오색빛깔 단풍으로
화려하게 바람에 흔들거리고

무수히 떨어진 낙엽은 폭신하고
마주 보며 웃고 있는 데이트
운동화 두 켤레
아영이는 정겹고 다정한 외손녀다

희미한 가로등 불빛 아래
하얗게 줄을 서서 걸어가는
2021년의 코로나 마스크

아무도 모르게
정이 깊어 가는 사람들
석촌호수의 단풍나무 축제의 밤은 깊어간다

호수에 안기다

한낮, 호수에 내려앉은 산 그림자
바람 물결에 비틀거린다

갈대는 하얗게 젖어 기울어지고
물이 뚝뚝 떨어지는 나뭇가지 사이로
새들이 뭉게구름 뒤에 숨었다

곱게 물든 단풍잎은 떨어져
맨드라미꽃보다 더 붉은색으로
호수에 그려 넣는다

나는, 호수 난간에 기대어
호수의 풍경을 분주히 폰에 담아
스스로 사진 속의 가을 여인이 된다

호면에 동동 떠 있는 잉어 떼의 동그란 입술
빵조각 던져주니
넓적한 꼬리를 흔들며 몰려드는데…

앗 차!
「환경 생태공원 주의 사항」
음식물이 수질 오염을 일으킨다는…

돌아서는 발길이 무겁다

숲속의 작은 도서함

태종사 앞 아늑한 숲속
삼각 지붕 새집보다 넓은 도서함 2개
나란히 막대기에 설치되어 있다
소나무에 매달린 주의사항이 이채롭다

도란도란 개울물 소리
여기저기 널브러져 있는 하얀 새똥
누가 열어 보았을 때 묻은 책은 눅눅하다

목련이 피고 지고
그 몇 해가 지나갔을까
바람 불어 도서함 문짝이 삐거덕거리고
다람쥐가 들락거리다 두고 간
예쁜 깃털이 책갈피를 넘긴다

멀리 파도 소리 절벽을 오르고
청솔가지 사이 하얀 물안개 속으로
분주히 사라져 가는 새 떼들

푸른 이끼 낀 도서함 지붕에도
쥐똥나무 까만 열매 위에도
때 늦은 가을비가 조근조근 내린다

꽃바람에 띄운 편지

함안 악양둑방길

청색, 흰색, 노랑색, 분홍색
색색으로 서로 얼굴을 부비며
바람에 하늘거리는 수레국화
양귀비꽃도 흰색, 자주색, 붉은색이
바람에 화사하다

둑방길은 노랑 금계국으로
온통 오월의 하늘을 물들이고…

“기다리는 종” 포토샵
손끝을 스쳐 간 수많은 사람들의 이야기
종 줄에 매달린다

넓은 들녘 스치는 바람
붙잡지도 못하는 봄날은 저리도 찬란한데
멀거니 서서 하늘을 본다

그대에게 부치지 못한 편지를
서둘러 꽃바람에 띄운다

밤 숲의 추억

뒷동산 밤 숲에는
밤이면 별들이 숨어 잠들고
별빛을 감싸 안은 밤벌레는
웅크리고 잠이 든다

서리 내린 이른 새벽
산등성이에 널브러진 밤송이
아침 햇살에 몸을 말린다

달달한 속살을 갉아 먹고
뒤척이며 꿈을 꾸던 밤벌레는
"나도 작은 우주를 키우며 자라고 싶다"고
햇살에게 속삭인다

벌레 먹은 밤을 주워 이리저리 살피던
까까머리 유년의 그 친구가 그립다

뒷동산 밤 숲의 추억은
껍질만 휑하니 남았는데

감지해변의 몽돌

영도 감지해변
즐비한 조개구이 포장집
연탄불에 둘러앉아 조개를 굽는다
전복, 새우, 가리비 조개 익어가는 내음

노을 속에 꽃피는 아이들의 웃음소리
조약돌 구르는 잔잔한 파도
미소가 정겨운 이방인 아가씨

몽돌 팔매질에 신이 난 외손자의 팔뚝
퐁퐁 원을 그리는 물보라
은은한 달빛 아래
잠겨 드는 해변의 파도 소리

어디쯤
몽돌은 바다 깊숙이 내려 있을까

녹슨 철길

진해 경화역
키가 작고 예쁜 장난감 같은 지붕
양 갈래 녹슨 철길 따라
끝 간데 없이 줄을 선 벚나무

만나고 헤어지는 간이역
아쉬운 악수를 건네고
멀어져간 눈동자 허공에 떠 있는데
사라진 것에 대하여 어찌 잊을 수 있으랴

화사한 봄날이나
펄펄 날리는 낙엽의 계절이나
떠나버린 지난날을 가볍게 웃을 수 있을까

길게 뻗은 녹슨 철길 따라
세월의 흔적을 들려주는 날
언제쯤일까

아지랑이 하늘거리는 꿈꾸는 한낮

육중한 무게로 짓눌린 세월
녹슨 철길을 우두커니 마주본다

소나기 마을에서

경기도 양평군 황순원 문학촌
군데군데 수숫단으로 엮은 삼각 지붕
소나기 쏟아지는 움막촌

아이들은 깔깔 웃으며 뛰어다니고
어른은 우와우와 함성을 지르며
수숫단 안으로 소나기를 피한다

첫사랑 둘레길 따라
쪽빛 하늘에 흐르는
징금 돌다리 별을 밟으며
건너는 동심의 세계

사철 꽃들이 바람에 흔들거리는
외딴 산기슭 아래
순수 문학 황순원 작가

소나기 마을에도 날이 저문다

억새의 흰 손

오륙도 억새는
바람 억세게 불어 억새가 되었나
아기 손 같이 오글거리며 하늘거리는
억새의 손을 잡아 본다

수많은 사람들의 이야기를 모아
바람에 들려주려나

푸른 바다 높은 하늘 출렁이는 포말
억새 바람에 내어준
서리 맞은 내 어두운 상념이
뻥 뚫리는 날

괜찮다, 오늘 하루도 잘 살았다
웃음이 멀리멀리 퍼져가는 하늘가
오륙도 바닷바람에 서서
억새와 얼굴을 마주 보며
감사의 기도를 흥얼거린다

시인의 봄 소풍

시인의 봄 소풍이 울렁이는 사월
작은 섬들이 점점이 떠 있는
통영의 그림 같은 바다 노을을 본다

청마 유치환 문학관에 들러
깃발, 행복 그리움 시를 읊조린다
생가 쪽마루에 앉으니
뒤뜰에 속삭이는 댓잎의 바람 소리 차갑다

언제부턴가 낡은 계단 옆에는
민들레, 쑥부쟁이, 엉겅퀴, 냉이
늙수그레 허리가 굵다

장사도 가는 뱃길 검푸르고
산허리에 늘어선 멋진 조각상 아래
넓은 야외무대 들썩이는 춤과 노래 흥겨워
구름에 떠서 새들과 함께 흐른다

동백꽃 터널은 온통 붉은데

노오란 수선화 동산을 이루었다
정신없이 핸드폰 샷을 누르니
뛰어든 갈매기 줄줄이 날아오른다

바다 노을 속으로 잠겨 드는
눈에 아른거리는 그 작은 섬들

징검다리

어릴 적 강원도 할머니 댁
넓은 냇가 징검다리 건너 산골 초가집
굴뚝에서 하얀 연기 날리면
복슬강아지 마구 뛰어다니고
세 살 난 나도 뒤따르던 기억
좋아서 밥 냄새가 좋아서

아주 먼 이야기
산에는 오디가 익어 입과 손이 까맣게 물들고
밤송이 툭툭 터져 널브러진 언덕배기
주워도 주워도 널려있고
살강스럽게 앉아 밥 대신 까먹었는데

지금은 전기밥솥에서
피식 피식 눈웃음치네
검은콩, 검은깨, 검정 쌀 현미 뒤섞어
온통 검정 밥이 보약이라네

징검다리는 모른다

오늘날 검정 밥 먹고 흰 머리카락이
검은 파 뿌리로 솟아난다는 것을…

별빛은 따뜻하다
– 윤동주 시인의 언덕

서울 종로구 창의문로 골목길 계단을 따라
청운공원 성벽 길을 오르니
한눈에 펼쳐진 북악산 절경

윤동주 시인의 "서시"를 읊조리며
비석에 기대어 보니
밤마다 별들이 내려와 노닌 양 포근하다

윤동주 문학관에 가면
큰 우물에는 한 사나이가 있다
하늘과 바람과 구름에 새겨 보는
순수와 고뇌에 찬 사랑과 눈물
아직도, 자화상을 그리는 듯 서성이며
아스라이 먼 밤하늘 별을 헤고 있다

나는 새가슴이 되어
우물 깊이 흘린 시인의 눈물이
푸른빛으로 물들어
별빛 같은 사랑에 빠져든다

〉

성벽에 늘어선 노란 야생화

서걱거리며 우는 바람 노래가 있었다

내일은 또다시 찬란하다

해는 높은 산자락을 넘어가고 있었다

고요히 고요히 숨죽이며
황홀한 노을빛을 남긴 채

설레는 마음
바다, 하늘, 내 마음
아직도 노을이 온통 붉은데…

어둠이 깔린 밤을 더듬거리며
읽던 소설은 계속 책갈피를 넘기고
깊어 가는 밤

또다시
찬란하게 솟아오르는 햇님을 기다린다
창문을 열었다
나뭇잎을 건너온 차가운 바람
쏴– 내 머릿칼을 넘긴다

맑은 바람 타고 흔들리는

먼데 절 간 종소리

後記

소녀시절 하늘에 구름에 노을에 취하여

꿈을 꾸고 마음 한 구석 그림을 새기며

시를 사랑하며 살아온 나날들

습작한 지 벌써 10년이다.

그동안 『수평선』과 『그리운 날의 노래』 두 권의 시집을 펴냈고 이번에 3시집 『송홧가루 날리는 봄날』을 펴낸다. 뒤돌아보니 추억과 그리움의 그림자 속에서 허우적거리다가 빠져나온 것 같은 느낌이다.

육신은 늙어가도 시를 사랑하는 열정 하나로 이 험난한 세상을 잘 버틸 수 있었다.

곳곳에 시화전, 시 낭송회를 하며 즐거웠던 날들이 무엇보다 좋은 추억으로 남을 것이다.

그리고 조용히 곁에서 지켜봐 준 아이들에게도 가슴 깊이 사랑하고 고마웠다고 말하고 싶다.

오지 않는 내일을 기다리며
그 아득한 내일을 기다리며
또다시 찬란한 햇살을 기다리며

사랑하는 모든 분께 온 마음으로 감사드린다.

2025년 봄이 오는 초입에
允法 박숙희